I tend to the seed. I wet it.
I sit next to it in the sun.
I whisper, "Grow seed, grow."

Look! A plant!

The plant gets bigger and bigger.
It is taller than me! It has a bud.

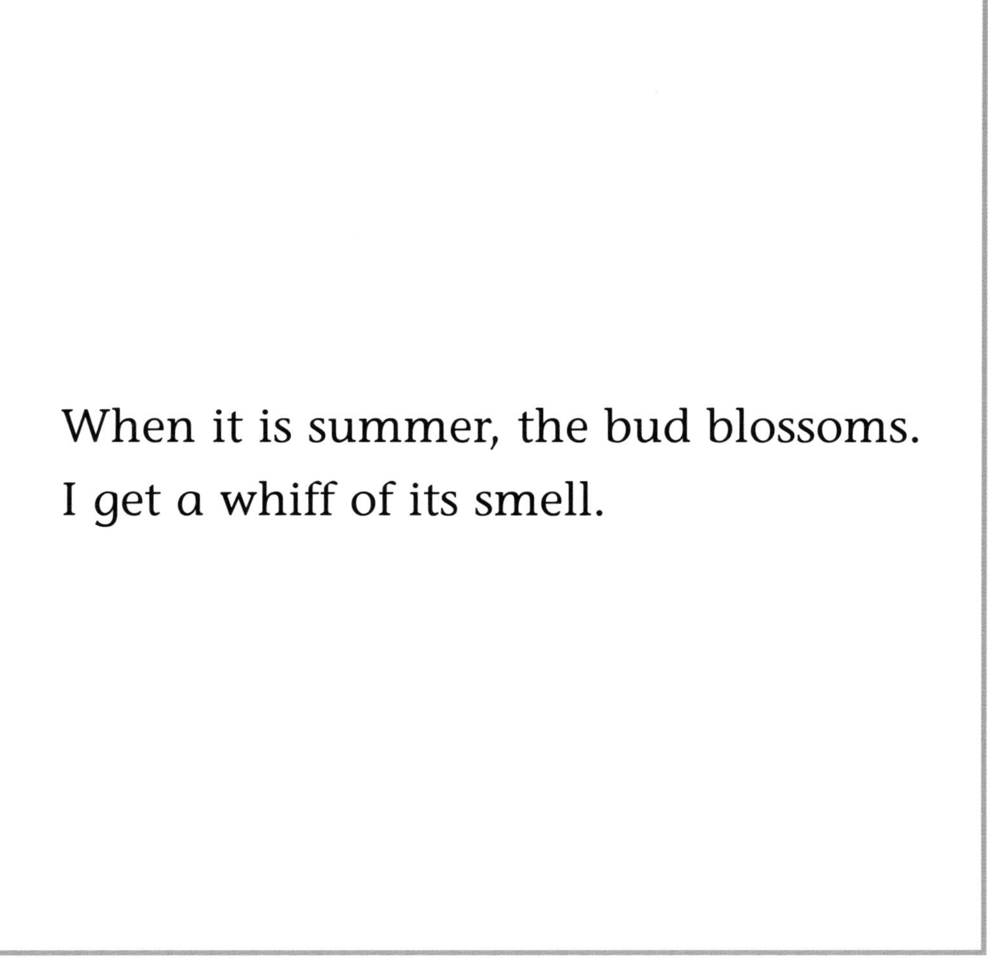

When it is summer, the bud blossoms.
I get a whiff of its smell.

When it is fall, birds visit the plant.
They peck at its seeds.

When it is winter, the frost kills the plant.
But the birds and I still visit.
Seeds drop from the plant.

I wonder whether the seeds will grow?
I whisper, "Grow seeds, grow."

When it is spring, plants pop up!
I am glad to tend to them.

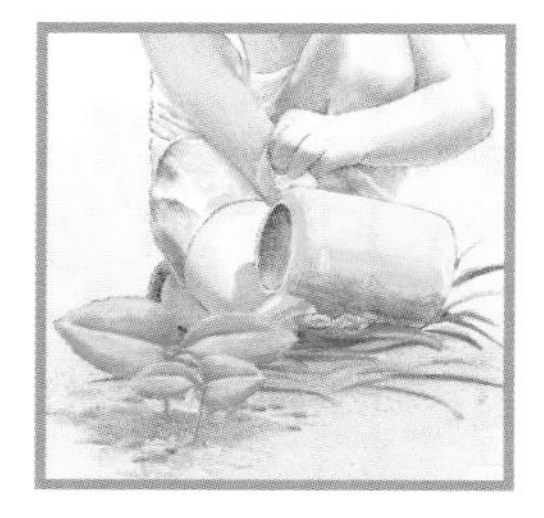

Target Letter-Sound Correspondence

Digraph /hw/ sound spelled ***wh***

Previously Introduced Letter-Sound Correspondences:

Consonant /s/ sound spelled ***s***
Consonant /m/ sound spelled ***m***
Short /ă/ sound spelled ***a***
Consonant /k/ sound spelled ***c***
Consonant /n/ sound spelled ***n***
Consonant /k/ sound spelled ***k, ck***
Consonant /z/ sound spelled ***s***
Consonant /t/ sound spelled ***t***
Consonant /p/ sound spelled ***p***
Short /ŏ/ sound spelled ***o***
Consonant /g/ sound spelled ***g***
Consonant /d/ sound spelled ***d***
Short /ĭ/ sound spelled ***i***
Consonant /r/ sound spelled ***r***
Consonant /l/ sound spelled ***l***
Consonant /h/ sound spelled ***h***
Consonant /f/ sound spelled ***f***
Short /ĕ/ sound spelled ***e***
Short /ŭ/ sound spelled ***u***
Consonant /b/ sound spelled ***b***
Consonant /j/ sound spelled ***j***
Consonant /kw/ sound spelled ***qu***
Digraph /th/ sound spelled ***th***
Consonant /y/ sound spelled ***y***
Schwa /ə/ sound spelled ***a, e, i, o, u***
Consonant /ks/ sound spelled ***x***
Consonant /w/ sound spelled ***w***
Consonant /z/ sound spelled ***z***
Consonant /v/ sound spelled ***v***
Long /ē/ sound spelled ***ee***
Digraph /ng/ sound spelled ***ng***
/ng/ sound spelled ***n[k]***
r-Controlled /ûr/ sound spelled ***er***
/ô/ sound spelled ***a[l, ll]***
/d/ or /t/ sound for inflectional ending –***ed***
Long /ē/ sound spelled ***y***
/ul/ sound spelled ***le***

High-Frequency Puzzle Words

from	of
grow	they
look	to
me	

Story Puzzle Word

birds